伊朗
中国
印度
泰国
澳大利亚

开饭宣言

与家人一起吃饭
是一件多么快乐的事情，
而世界上又有那么多能同家人
一起享用的美食。

这本书不仅介绍了来自五湖四海的
关于食物的有趣知识，而且
收录了来自世界各地的绝妙食谱。

我们不期待孩子会乖乖吃掉
大人塞给他们的食物。
但是我们相信，
如果能让孩子多了解一点
关于食物的历史和文化知识，
他们一定乐意尝试更多新奇的食物。

我们愿鼓励我们的下一代
成为善于创造、充满激情的料理爱好者，
并心怀对食物的理解与爱。

吃遍天下！

美食家环球大冒险

[英]佐薇·巴瑟 [英]乔·夏普 文
[英]克里斯·迪卡森 图 张涵 译

汕頭大學出版社

目 录

关于书中食谱

我们提供的食谱是为全家人共同烹饪而准备的。当然，大一点的孩子可能并不需要家长太多的帮助，但是在使用炉具或刀具等存在潜在危险的工具时，家长仍然需要在旁边监督和指导。

每一份食谱都由三个主要步骤组成，那些孩子们可能会乐意参与的操作都会像这样被标出来：

搅拌　**品尝**　**揉捏**

我们提供的所有食谱都可供四个成年人食用，所以，如果孩子还比较小，可能需要调整材料用量。

有时我们会选用一些有刺激性味道的材料；加入调味料的操作一般会放在品尝的步骤中，以便控制食盐的用量。

我们提倡购买散养肉或有机肉（特别是鸡肉和猪肉），以及可持续的海产品。

我们同样建议您填满香料柜，为在下午茶时间（也可以在你喜欢的任何时间）展开这场神奇冒险做好准备。

那么，盛宴开始啦！

冒险启程！

我都等不及想去尝尝波斯美食啦！
各位朋友，大家好！我们是美食家冒险团，一群英勇无畏的美食冒险家。
我们的任务是寻找世界上最丰盛可口、回味无穷的佳肴。来加入我们，一起冒险，一起探索那些关于食物的神奇知识吧。
我们也计划在旅途中发明一些美味的食谱，我想你们肯定想要试着自己做做看吧！
莱克西
蔬菜奇才
伙计们，你们最好有地方让我存放这些园艺工具！
谢夫
味觉天才

哈维、哈果和哈蒂
香草兄妹
墨西哥菜才是最棒的！
我都饿了！
拉里
鲜肉公子
希望这次他们都记得带护照了……
丽塔
水果巨星
我希望能看到灿烂的阳光！
哇！帽子挺漂亮啊，拉里。
谢谢夸奖，哥们儿。
本特利
橱柜大师
梅尔文
海鲜怪人
我预感到，有许多全新的香料配方在旅途中等着我们。
好啦，妈妈，我肯定会去的！
查伊
香料宗师
托尼
乳品名家

美洲

15 世纪到 20 世纪间，一批又一批来自欧洲的探险家和殖民者、来自非洲的奴隶，以及来自全世界的移民改变了美洲大陆。

原住民和这些外来者杂居在一起，让这里变成了不同文化融合发展的大熔炉。美洲各个国家如今流行的食物证明了这一点。

美洲新移民

英国人

他们在加拿大、美国东部的大部分地区和加勒比海的小岛上建立了许多殖民地。

法国人

法国建立殖民地主要是为了从美洲出口糖和水产。如今加拿大东部地区的居民仍然在说法语。

西班牙人

墨西哥、阿根廷和秘鲁等国家的官方语言都是西班牙语，因为它们曾经是西班牙的殖民地。

葡萄牙人

巴西在19 世纪20 年代独立之前，曾经作为葡萄牙的殖民地长达300 年。

非洲奴隶

16 世纪至19 世纪，超过1200 万非洲人被欧洲殖民者抓住，然后被送到了美洲。

美★国

美利坚合众国由 50 个州组成，国旗上的每一颗星都代表一个州。它幅员辽阔，领土囊括了从北极到热带的大片区域，还包括太平洋中部的夏威夷。

美国共有超过 200 万个农场，生产大量美味的水果、蔬菜和肉类。你想尝试哪项工作呢？在玉米地里收玉米？在大平原的牧场上当牛仔？还是在佛罗里达州和加利福尼亚州采摘全世界最鲜美多汁的水果？

水果

美国的农场生长着各种不同的水果。不论是在凉爽的北方（蓝莓很棒）还是在又热又潮湿的南方（柠檬不错），人们都会制作好吃的水果派。

俄亥俄州曾经制作了全世界最大的南瓜派，它有6米宽，差不多有一台小型拖拉机那么重。

每年十一月美国人都会吃烤火鸡来庆祝感恩节。

牛肉

美国西部的大部分地区都是大片的牧场，牛仔们依靠养牛来维持生计。汉堡包、T 骨牛排和烤牛胸肉都是在美国很受欢迎的美食。

农业生产规模

美国的农业生产规模十分巨大——全国超过 40% 的土地都是农场，最大的牧场面积超过了整个伦敦！每小时都有价值超过 600 万美元的农产品在农场打包并向全世界出售（大约占全世界玉米总产量的 41%、棉花总产量的 20%、小麦总产量的 13%）。平均每位美国农场主能为超过 144 人提供食物。

甜玉米

这种植物有一个巨大的种子穗，叫作玉米穗。1779 年，易洛魁印第安人把一些甜玉米送给了欧洲新移民。从此甜玉米就成了美国最受欢迎的食物之一。

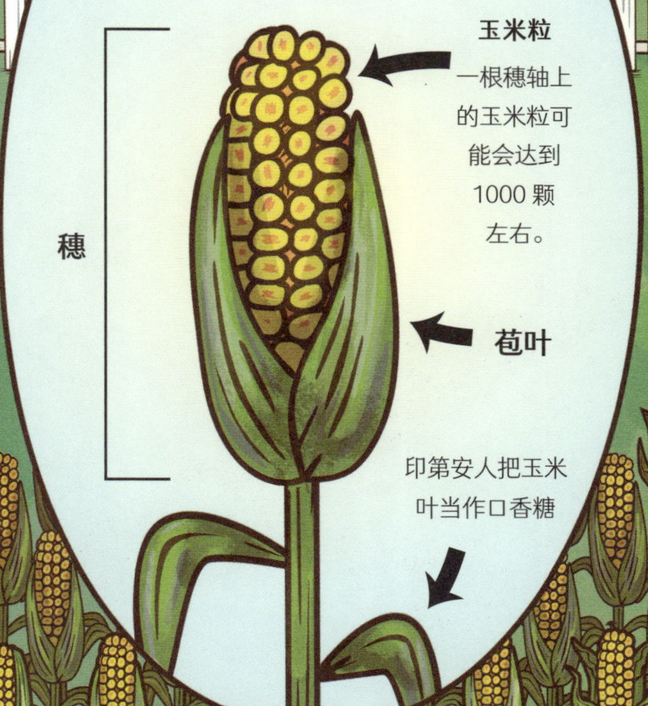

你可以把干玉米磨成玉米粉。美国人喜欢用玉米粉来制作一些听起来有点奇特的食物。

- **玉米烤饼**（玉米面小面包）
- **玉米粥**（由粗玉米粉煮成）
- **玉米粒煮豆**（一种印第安人的食物）
- **油炸玉米面**（小球或是小条形状的）

梅尔文的杂烩浓汤食谱里面就用到了甜玉米。

杂烩浓汤是什么？

在美国的新英格兰地区，这种奶油色的海鲜杂烩浓汤非常受欢迎。17 世纪，殖民者们从欧洲来到这里，发现了大片满是蛤蜊的石头海滩。他们用这些蛤蜊来做美味的汤。如今，人们依然在做这种食物，不过里面不一定会放蛤蜊了。

梅尔文特制
美式黑线鳕杂烩浓汤

4 人量

准备
10 分钟

烹饪
20 分钟

主要厨具
带盖炖锅

原料

- **无盐黄油** 50 克
- **白皮洋葱** 1 个，剥皮切碎
- **烟熏培根** 4 片，切成方块（可选）
- **大蒜** 1 瓣，剥皮切碎
- **面粉** 1 汤匙
- **鱼汤或蔬菜汤** 300 毫升
- **半脱脂牛奶** 300 毫升
- **低脂奶油** 150 毫升
- **香叶** 1 片
- **干百里香** 1 茶匙
- **烤土豆** 1 个（约 250 克），剥皮切丁
- **罐装甜玉米** 200 克，控干水分
- **不染色的烟熏黑线鳕鱼片** 2 片（约 400 克），去皮，然后切块（可以用剪刀简单处理）
- **第戎芥末酱** 3 茶匙
- **柠檬** 1 颗，挤出汁液

装盘

- **新鲜欧芹**，切碎
- **硬皮面包**

第一步

开中火，在炖锅中融化黄油。

搅拌 加入洋葱一起搅拌。2 分钟后，加入培根和大蒜。

焖煮 3 分钟，注意经常轻轻搅拌，直到原料变软但还没有变色。

加入面粉搅拌，直到原料混合均匀。

第二步

加入汤、牛奶和奶油，继续搅拌。

接着拌入香叶、百里香和土豆丁。

闻香 调高炉温，把汤汁加热到沸腾，然后调低炉温，继续炖煮 12—15 分钟。注意经常搅拌，防止汤汁粘在锅底。这时土豆应该快煮熟了。可以用刀戳一下，看看它是否已经变软。

第三步

在汤中加入甜玉米和黑线鳕，搅匀，盖好锅盖。

炖煮 5 分钟，至黑线鳕煮透（鱼块开始裂开）。

品尝 加入第戎芥末酱和柠檬汁。尝一下汤汁的味道，加入适量的盐和胡椒调味。

撒上少量欧芹碎，配上面包，就可以上桌了。

墨西哥

只要你在墨西哥，无论身处哪里，都会在身边找到辣椒。墨西哥人对辣椒非常着迷，他们不仅把辣椒当作烹饪蛋、肉和鱼的基本调料，甚至在做水果沙拉的时候都会往里面放辣椒。

你了解辣椒吗？来看看在我们这张“欢乐辣椒表”里，你认识多少种辣椒吧！

欢乐辣椒表

1912 年，威尔伯·斯科维尔发明了一种度量辣椒辛辣程度的标准，叫作“斯科维尔标准”。你吃过下面的哪些辣椒呢？

（🌶=1 个斯科维尔辣度单位）

1,569,000 🌶
卡罗来纳死神椒
（是由一个叫埃德·柯瑞的人种出来的）

1,463,000 🌶
特立尼达蝎子椒

1,100,000 🌶
“七涮”哈瓦那椒
（一只辣椒可以让七锅食物变辣）

923,000 🌶
多塞特纳加椒

800,000—1,040,000 🌶
印度魔鬼椒

100,000—300,000
哈瓦那椒
（辣到惨不忍睹）

80,000—300,000
苏格兰帽椒
（辣到嘴里着火）

30,000—50,000
卡宴辣椒
（非常辣）

2,500—5,000
哈雷派尼奥椒
（开始刺激了）

2,500
“辣椒仔”辣椒汁
（全世界最受欢迎的辣椒调味汁）

1,000—1,500
波布拉诺辣椒
（有点儿辣）

100—500
西班牙甜椒
（味道又淡又甜）

0
菜椒
（不辣）

如果受不了辣椒的辣味，你可以用牛奶或酸奶来解辣。但是不要喝水，喝水一点儿用都没有。

科学家们认为吃辣椒就像坐过山车一样——你并不会太在意那种刺激或危险的感觉，因为你明白坐过山车或是吃辣椒实际上并不危险。

喜欢吃辣椒的不只有墨西哥人。16世纪，西班牙和葡萄牙探险家把辣椒带到了印度和东南亚。很快，辣椒就成了活跃在全世界餐桌上的一种调料。

巧克力是拉里最喜欢的食物。

墨西哥的秘密原料

玛雅人最早制作了辣椒香草热巧克力。之后阿兹特克人通过巧克力贸易变得富足。如今，墨西哥人在庆祝的时候会吃巧克力辣酱（配上火鸡肉或鸡肉）。虽然把巧克力放进菜里面似乎怪怪的，但是实际上这会让酱料变得更加细腻浓郁，却不会把甜味或巧克力味带进菜里。

拉里特制
墨西哥辛辣牛肉卷

4 人量

准备
10—15 分钟

烹饪
90 分钟

厨具
带密封盖的厚底大炖锅（你可以在锅盖下垫锡箔来进行密封）

原料

- **辣椒粉** $\frac{1}{2}$ **茶匙**
- **孜然粉 1 汤匙**
- **多香果粉 1 汤匙**
- **烟熏红椒粉 1 茶匙**
- **干牛至 2 茶匙**
- **芝麻 1 汤匙**
- **炖牛肉 400 克**，切丁
- **橄榄油 1 汤匙**
- **白皮洋葱 1 个**，切成粗块
- **红菜椒 1 个**，切成粗块
- **大蒜 2 瓣**，剥皮压碎
- **番茄罐头 1 听**，
  番茄最好是整个的，而不是切碎的
- **黑巧克力 10 克**

简易番茄莎莎酱

- **红皮洋葱** $\frac{1}{4}$ **个**，切碎
- **熟番茄 3 个**，切碎
- **香菜 1 把**，切碎
- **青柠 1 个**，取汁

简易鳄梨酱

- **软熟鳄梨 1 个**，切成粗块
- **小红洋葱** $\frac{1}{4}$ **个**，切碎
- **香菜 1 把**，切碎
- **青柠** $\frac{1}{2}$ **个**，取汁

装盘

- **墨西哥玉米饼**（面饼也可以），
  在煎锅里把两面都稍微烤一下
- **酸奶油**（可选）

第一步

把所有的香料、香草和芝麻放入大碗里，加入少量盐和胡椒，拌在一起。把牛肉加入碗中，混合均匀，让所有牛肉都沾满香料。

在锅中倒入橄榄油，中火加热。加入洋葱和红菜椒炒 3 分钟，直到原料微微变软。

闻香 加入沾满香料的牛肉和大蒜，继续炒，不断搅拌，直到牛肉表面全部微焦（大约需要 3 分钟）。

加入番茄继续煮，直到沸腾。

第二步

调低炉温，盖好密封盖（或用锡箔封好），小火煨 60—90 分钟（时间越长越好）。不时搅拌一下。

现在，酱料已经变得相当浓稠了。如果锅中的汤汁还是太多，敞开盖子调高炉温，继续炖煮 10—15 分钟。

搅拌 放入巧克力继续搅拌，直到巧克力融化。

与烤玉米饼（或米饭）、酸奶油、莎莎酱和鳄梨酱一起上桌。

第三步

简易番茄莎莎酱

把所有的原料放入碗里，加入一撮盐，拌匀。

速食鳄梨酱

品尝 用叉子把鳄梨碾成糊状放入碗中，加入其他材料和适量的盐，拌匀。

墨西哥街头的小摊会出售加满了五颜六色的配料（比如：莎莎酱、鳄梨酱、香菜和奶酪）的小吃。

巴西

巴西是南美洲面积最大的国家，亚马孙雨林大部分都在巴西境内。从安第斯山脉一直蜿蜒流入大西洋的世界第二长河——亚马孙河——也流经巴西。

亚马孙雨林有着丰富多样的生态系统，上千种不同的植物和动物生活在这里，其中包括许多能作为食物的有趣品种。一起来探索这里茂密的丛林吧，看看你能找到哪些好吃的……

巴西栗

快来嚼一嚼巴西栗树结的这种细腻美味的坚果吧。一棵巴西栗树可以活800年。

实际上里面的坚果才是它的种子。

它的外壳有椰子那么大，经常被当作杯子使用。

巴西栗树长得很高，所以只能等果子从树上掉下来。

巴西莓

尝一尝用这种蓝莓似的浆果做成的奶昔吧。在巴西，你还可以在冰糕里面见到这种食物，你也可以配上蜂蜜直接把它吃掉。

瓜拉纳

吃一点这种植物的种子来让你活力满满吧。瓜拉纳果的咖啡因含量是咖啡豆的两倍，所以人们把它当作一种“能量饮料”。它的果实成熟之后会裂开，露出一颗黑色的种子。成串的果实看起来就像长着很多眼睛，当地人流传着很多关于这种植物的传说。

鸭嘴虎纹鲇

和鲑鱼一样，适合做熏鱼。

食人鲳！

鱼类

把这些鱼干或者巴西炖鱼（把鱼或贝类和大蒜、番茄及椰子汁一起炖）狼吞虎咽地吃掉吧。如果你每天都吃一种亚马孙河里的鱼，那么需要几年时间你才能把所有种类的鱼全吃一遍。记得要小心电鳗！

巨骨舌鱼

世界上最大的淡水鱼之一，它的肉里面几乎没有骨头。

锯腹脂鲤

又小又扁，脂肪丰富。

本特利特制
巴西准将巧克力球

据说，人们为了宣传巴西的主要出口商品——可可豆，才发明了这种在整个巴西广受欢迎的美味巧克力球。它的名字源于爱德华多·戈麦斯准将。

制作大约 20 颗

主要厨具

- 厚底炖锅
- 小号纸烤杯或防油纸

原料

- 黄油 100 克
- 炼乳约 400 克
- 高品质可可粉 4 汤匙
- 巧克力碎

在一个中等大小碗的内壁上涂满黄油。

用小火加热炖锅，加入黄油，接着加入炼乳和可可粉。搅拌锅中的混合物，直到黄油融化、所有的原料都混合在一起。

继续搅拌，升高炉温直到混合物煮沸。之后把炉温调到最低，继续搅拌10 分钟，注意不要让锅底烧煳。把混合物盛入黄油碗中，在冰箱中冷却2 小时，让它凝结成团。

在手上涂满黄油，捏起一团巧克力，把它揉成小球。在小球表面滚上巧克力碎，然后放在纸烤杯或防油纸上。

巧克力

吃几块这种可可树上结出来的可可豆做成的巧克力吧。可可树生长在比它更高更大的树木的阴影里，所以人们不需要砍伐其他的树木也能种植可可——这对环境很有好处。

普拉藤果

慢慢享用这种带有神奇香气的果子吧。人们喜欢用它来制作冰激凌、果冻和果汁。

腰果仁

大把吃掉这种由来已久的坚果吧，但是你必须得快点儿，要知道猴子们和咱们一样喜欢这种坚果。

菠萝

摘个菠萝吧！它们是一种遍布整个雨林的凤梨科植物。这种植物层层叠叠的叶子可以接住雨水，在中间形成一个小水坑，让小青蛙住在里面。

金钮扣草

尝尝加了这种香草的炖鸭子吧。它还有一个名字，叫作“牙疼草”，因为这种植物会让你的口腔麻痹，缓解牙齿疼痛。

毛虾

一种小型甲壳类动物，一般晒干后加盐吃。

丝条短平口鲇

俗称“小家伙”。

大盖巨脂鲤

味道很像猪肉。

苏里南犬牙石首鱼

能长到一米长！

电鳗

欧洲和地中海沿岸

许多欧洲国家都有漫长的海岸线，这让鱼类成为欧洲人饮食里重要的一部分。在东北部的斯堪的纳维亚半岛和波罗的海沿岸，北极气团让这里的冬天异常寒冷。粥、布丁和烤饼能够提供足够的能量，因此大受欢迎。

而在南方，有了地中海沿岸温暖的阳光，农民能很好地种植柑橘、橄榄和葡萄，也能饲养奶牛，来制作各种美味的奶酪和其他奶制品。

挪威酸奶粥
这种加了肉桂的粥能让你暖和起来。
挪威
芬兰
云莓
这种植物可以在-40℃的寒冷气温中存活。
瑞典
（第30页）
爱沙尼亚
蘑菇
蘑菇在俄罗斯寒冷的森林中长势旺盛。
丹麦
拉脱维亚
俄罗斯
立陶宛
白俄罗斯
猎人炖菜
这种加入了卷心菜和苹果的丰盛炖菜非常适合立陶宛的气候。
俄式薄煎饼
从前，欧洲人会做这种太阳形状的烤饼来和冬季道别。
德国
德国泡菜
这是当地一种著名的食物。人们通常把卷心菜腌成泡菜，在冬天食用。
乌克兰
波兰
莳萝
这是一种在东欧广泛种植的香草。一般用于腌制食物、制作酸奶油或配土豆。
罗宋汤
据说这种甜菜根汤起源于乌克兰。现在这道汤已经成为这个国家的国菜，并在波兰、立陶宛和俄罗斯等地广受欢迎。
捷克
斯洛伐克
奥地利
摩尔多瓦
罂粟和向日葵
人们通常用这些五颜六色的作物的种子来榨油。
匈牙利
斯洛文尼亚
克罗地亚
罗马尼亚
波斯尼亚和黑塞哥维那
塞尔维亚
酸奶
这种奶制品的英文名（yoghurt）源自土耳其，但是全欧洲人都这么叫它，特别是在地中海东岸。
黑海
意大利
（第32页）
黑山
科索沃
保加利亚
阿尔巴尼亚
北马其顿
柠檬
这种生长在阳光灿烂的阿马尔菲海岸的水果最适合用来制作冰凉的雪糕了。
希腊
果仁蜜饼
这种土耳其甜点使用了开心果仁，而开心果树在炎热干燥的天气中才能结出坚果。
土耳其
地中海饮食
地中海沿岸的居民会吃许多鱼类、橄榄油和新鲜的水果蔬菜，据说正因为这样，他们的寿命才会更长。

餐厅里的法国

法国人对他们的食物非常重视。从法国烹饪艺术的诞生，到后来发展出一整套的餐饮文化，法国人一直以来都对自己国家的美食感到非常自豪。

饥饿的食客们正在餐厅里等待他们的食物，而谢夫正在他的法式厨房中忙碌。你想在厨房里做哪项工作呢？

快点儿！

著名的法国厨师奥古斯特·埃斯科菲耶发明了现代厨师制度的等级与分工，厨房里所有的厨师都要负责一份特定的工作。

为酱料调味！

传统法式美食有五大“母酱”，加入其他材料就可以制作出不同的“子酱”。如在贝夏梅尔白酱中加入奶酪即可制成奶油蛋黄酱。

荷兰酸辣酱

一种用黄油、蛋黄和柠檬做成的母酱，可以搭配鸡蛋或蔬菜食用。

贝夏梅尔白酱

用牛奶为基底做成的母酱，可以搭配意大利面、鱼肉或鸡肉食用。

西班牙褐酱

用褐色高汤为基底做成的母酱，可以搭配禽肉或红肉食用。

天鹅绒酱

用白色高汤为基底做成的母酱，可以搭配鱼肉或鸡肉食用。

番茄沙司

用番茄为基底做成的母酱，可以搭配意大利面、禽肉或红肉食用。

烹饪艺术

法式烹饪艺术，也可以称为“高级烹饪”（haute cuisine），一顿这样的法餐会包括许多道精心准备、装饰精美的菜品。真是太美味了！

小心，美食侦探在此！

餐厅的经营者们会对米其林星级评价展开激烈的争夺。安德烈·米其林和爱德华·米其林兄弟俩（就是制造米其林轮胎的两兄弟）在1926年为汽车旅行者们编写了那本著名的餐厅指南，在里面首次评定了这一奖项。

服务生！

在餐厅里，服务生的工作非常重要。除了负责上菜，他们还必须非常了解菜单上各道菜肴的原料和做法。

一口吃光

餐前点心也叫作开胃小菜，是厨师为了让你在正菜上桌之前打开味蕾而制作的一道小食。这道菜通常是盛在勺子里的，你一口就能把它吃掉。

法国的街头

除了著名的餐厅和菜品，法国还盛产世界闻名的面包、肉类、馅饼、奶酪和点心。

每个法国小镇都有出售面包的烘焙店、贩卖香肠的熟食店、制作奶酪的奶酪店，和销售蛋糕的糕点铺。那么你要买些什么，来准备那顿完美的法式野餐呢？

闪电泡芙

别忘了带你的巧克力闪电泡芙！这种塞满了奶油的酥皮点心被称为终极甜品。你喜欢哪种奶油呢：香草味、咖啡味还是巧克力味？

法式长棍面包

没有什么食物比面包更有法国特色了，野餐的时候，法式长棍面包必不可少。据说法国皇帝拿破仑曾要求把面包做得又长又细，以便士兵们放在裤子口袋里。于是，法国长棍面包就这么发明出来了！

粗红肠

培根、火腿、香肠、肉酱和法式肉糜之类的肉制品在法语中称为“熟肉”，粗红肠就是其中一种广受欢迎的肉食。这种加盐晒干的食物最初是在还没有冰箱的时候为了保存肉类而发明的。而现在，它是一种非常适合放在野餐篮里的食品。

怎样制作奶酪

1

在新鲜全脂牛奶中加入发酵菌和凝乳酶（一种从牛胃里提取的酶）。

2

牛奶会分离产生凝乳（固体部分）和乳清（剩下的液体）；排干乳清，留下的就是凝乳了。

3

接下来需要把凝乳放在模子里挤压。

4

把奶酪包进布里等待成熟（这样能产生更多的香味）。

水果和蔬菜

蔬菜拼盘非常适合在野餐时享用。放点儿油醋汁（用橄榄油、醋和香草做成的沙拉酱）。随着季节的变化，法式果盘里面会装满熟透的覆盆子、最甜的草莓和最红的红醋栗。

奶酪

法国有一句俗语：“没有奶酪的一餐，就像没有阳光的一天。”超过500种不同的奶酪可以让你每天吃一种，一年也吃不完！在奶酪店里，你可能发现圆球、长棍、金字塔、圆盘和心形等各种形状的奶酪。这些奶酪也不仅仅是奶酪味的，它们尝起来可能甜、可能咸、可能酸、可能像坚果、可能像泥土，甚至可能像金属！

牡蛎

法国人一般会直接生吃这种滑溜溜的小海鲜，还要配上柠檬汁。法国诗人莱昂-保尔·法尔格说过，吃牡蛎就像“用嘴唇轻吻大海”一样。

苹果和梨子都可以做成反转水果挞。

反转水果挞

反转水果挞这个名字来自斯蒂芬妮·塔丁和卡罗琳·塔丁姐妹。据说斯蒂芬妮在她工作的旅店为客人们制作了一份苹果派，但是里面的苹果在有糖的黄油中烤焦了。为了挽救这道菜，她迅速把一块油酥面皮放在了苹果上面，然后翻转过来放进了炉子里。他的客人把这份苹果挞吃得一干二净，这家旅店也因这道美味的甜品名声大噪。

丽塔特制
法式反转梨子挞

4 人量

准备
10 分钟

烹饪
45 分钟

主要厨具
- 耐热煎锅，直径约 26 厘米
- 隔热手套
- 上菜盘

原料

- **无盐黄油 50 克**，切成小丁
- **细砂糖 150 克**
- **西洋梨 6 个（其他品种的梨子或苹果也可以）**，削皮，去核，切成 4 瓣
- **半成品酥皮 320 克**，在室温下解冻
- **面粉**，用来在面板上撒上薄薄的一层

装盘

- **搭配法式酸奶油或一勺香草冰激凌，味道最棒了。**

第一步

提前把烤箱预热到 220℃（如果使用风炉烤箱，就预热到 200℃）。

融化 把耐热煎锅放在炉灶上，然后放入黄油，中小火加热，让黄油融化，再均匀地撒入细砂糖制成焦糖。不要搅拌，静置大约 5 分钟，直到细砂糖溶解、混合物开始变色。

把切好的梨子绕着焦糖混合物的边缘摆成一圈，再把最后几块放在中间。微微调高炉温，让焦糖冒泡，但依然不要搅拌！梨子需要煮大约 20—30 分钟。可以用刀尖试着戳一下，如果梨子变软，就说明已经煮好了。

第二步

切割 在面板上撒上一层面粉，展开酥皮，切出一个略大于煎锅的圆。

等到梨子变软，关火后把酥皮盖在梨子上方。用木勺把煎锅里的酥皮边缘向内卷，用叉子在酥皮表面插出小孔放出蒸汽。

在烤箱中烤 15 分钟，直到酥皮变成金黄色。

第三步

敲击 戴上隔热手套，小心地从烤箱中取出煎锅，然后冷却 5 分钟。如果酥皮中心鼓起来了，可以使用擀面杖小心地把它敲平（这样能防止翻转时梨子从中间掉下来）。

在翻转的过程中，一定要戴好隔热手套，因为锅柄和焦糖这时还非常烫。小心地把上菜盘扣在煎锅上方，迅速翻转煎锅，把水果挞盛在盘子里，让有梨子的那一面朝上。

搭配法式酸奶油或香草冰激凌上桌。

小心！
水果挞的翻转步骤绝对不适合儿童尝试。请格外小心，并且一定要使用隔热手套。

不列颠群岛

在上一个冰河时代结束时，不列颠群岛就和欧洲大陆分离开了。在不列颠群岛上的各个国家，无论何时、无论何地，你都会发现各种各样的当地食物和古怪习俗。右边是我们的好奇日历，看看在那里每个月都会发生些什么吧。

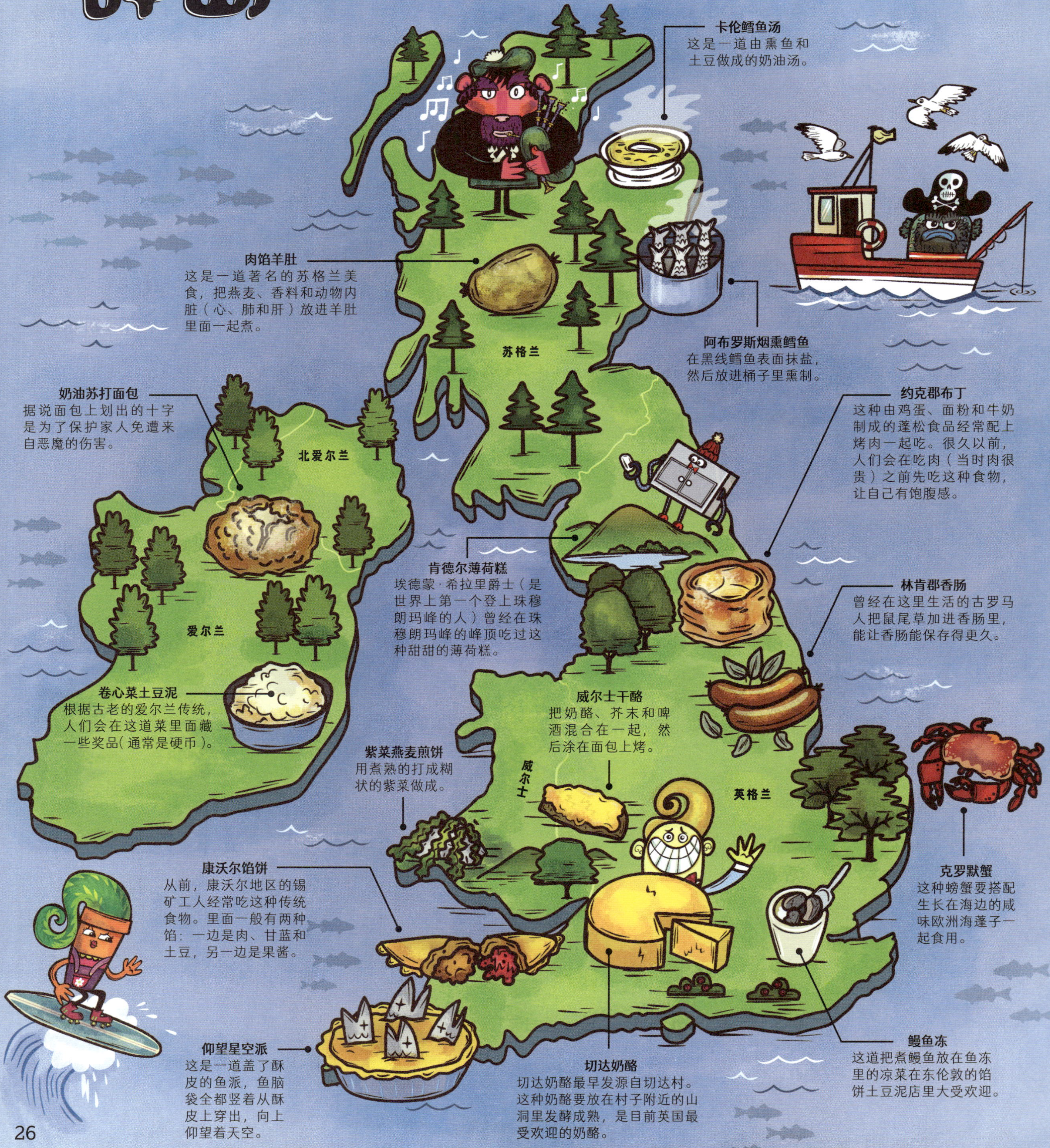

好奇日历

香草兄妹的派使用了两种不同的英国奶酪。

彭斯之夜

一月

苏格兰诗人罗伯特·彭斯非常喜欢吃肉馅羊肚，他甚至为这种食物写了一首诗。如今人们会在他生日那天吃这道菜来进行庆祝。

忏悔星期一

二月

在忏悔星期二（烤饼日）的前一天，人们一般会吃培根配蛋。约克郡、兰开夏郡和达勒姆的孩子们过去经常挨家挨户地唱着：“今天是忏悔星期一，给我们培根，让我们走。”

母亲节

三月

各地给母亲们送的礼物都不一样：在布里斯托送母亲节面包，在伯里送重油水果蛋糕，在布莱克本送无花果派。（英国的母亲节在每年四旬斋的第四个星期天，离复活节的周日刚好三周。）

圣马可日前夜

四月

在圣马可日的前夜，未婚女子会烤制“哑巴蛋糕”来让自己做一个梦，据说这个梦能让她们能知道谁会是自己未来的丈夫。烤蛋糕的时候一句话都不能说。

滚奶酪节

五月

每年春季银行假日，人们会从格洛斯特附近的库珀山上滚下一轮巨大的双倍奶油格洛斯特奶酪，然后追着它赛跑。奶酪的最高速度可达每小时112 千米。

扔鸡蛋比赛

六月

斯瓦顿村每年都会举办世界扔鸡蛋锦标赛，选手们两人一组互相抛接鸡蛋。把鸡蛋投掷得最远，又没有打碎或掉落的队伍赢得冠军。

牡蛎节

七月

惠特斯特布尔的牡蛎自从诺曼时代就远近闻名。这里每年都会在牡蛎上岸（捕到第一批牡蛎）的时候举办牡蛎节。人们会在港口举办吃牡蛎大赛，能够最快吃掉6 个牡蛎的人可以获得冠军。

圣奥斯华节

八月

19 世纪，人们会在圣奥斯华节这一天用灯草覆盖格拉斯米尔教堂的地面，人们得到姜饼作为报酬。如今，人们会在圣奥斯华节之类的节日品尝这种点心。

扔黑香肠

九月

据说在兰开斯特家族和约克家族之间进行“玫瑰战争”的时期，每一边都会在弹药用尽之后向对方扔食物。如今为了纪念这场历史悠久的冲突，每年九月，人们会举办向一堆约克郡布丁投掷兰开夏郡黑香肠的活动。

灯笼之夜

十月

在萨默塞特，孩子们会带着南瓜灯笼跑到大街上，唱着：

“今天是灯笼之夜，
今天是灯笼之夜，
亚当夏娃肯定不信，
今天是灯笼之夜。”

天鹅宴

十一月

天鹅在中世纪是一道美食，它的烹饪方法和做鸡肉的方法差不多。每年的天鹅宴，人们会吃填满香料的天鹅。如今这项庆祝传统还存在，但人们已经不吃天鹅了——因为它太难吃了。

汤姆·博考克之夜

十二月

每年的12 月23 日，康沃尔郡的茅斯霍尔居民都会吃“仰望星空派”。这种传统是为了纪念一名传说中在暴风雨中归来，带回大量捕到的鱼，拯救了整个村子的渔民。

派的狂热爱好者

一年有多少个星期，不列颠群岛上就有多少种不同的派。肉派、鱼派，还是蔬菜派？脆皮、薄皮，还是酥皮？热的还是冷的？大的还是小的？你有无数种不同的选择。

他们甚至有一种专门为婚礼准备的派！在这种传统的婚礼派中会藏着一枚玻璃戒指，根据传统，吃到这枚戒指的人就是下一个会结婚的人。

香草兄妹特制
英式奶酪细香葱派

4 人量

准备
20 分钟

烹饪
1 小时

主要厨具
- 烤派盘，直径约 22 厘米，深约 5 厘米，最好是金属做的
- 擀面杖

派

- **无盐黄油 30 克**（额外准备一些来涂在烤派盘上）
- **紫皮洋葱 2 个（约 400 克）** 切成洋葱圈
- **英式芥末酱 1 茶匙**
- **奶油酥皮面团约 500 克** 在室温下放置
- **兰开夏奶酪 150 克**，擦碎
- **浓切达奶酪 100 克**，擦碎
- **新鲜细香葱 10 克**，切碎
- **黑胡椒**

沙拉

- **混合绿叶蔬菜**
- **黄瓜半根**，纵向切开之后切片
- **脆苹果 1 个**，去核，切薄片
- **橄榄油 1 汤匙**
- **苹果醋 1 汤匙**
- **整粒芥末籽酱 1 茶匙**
- **蜂蜜 ½ 茶匙**
- **新鲜细香葱**，切碎

第一步

提前把烤箱预热到 200℃（如果使用风炉烤箱，就预热到 180℃）。

融化 在炖锅中用中火融化黄油。

加入切好的洋葱，烹饪 10—15 分钟，不时搅拌一下以防烧焦。洋葱这时应该处于开始变软但还有些硬的状态。

加入水和芥末后继续搅拌，再煮 2 分钟。把洋葱倒入一个大碗里冷却。

在烤派盘里涂一些黄油。

第二步

擀制 在面板上把三分之二的面团擀到两枚 1 角硬币叠放在一起的厚度。

把擀好的面皮放在烤派盘上（让它盖满盘底和盘边），如果有必要，可以把面皮角压进烤派盘里。

在冷却了的洋葱里加入奶酪碎和细香葱碎。再加入少许黑胡椒混合均匀进行调味，馅料就做好了。把馅料放进烤派盘，用勺子压平。

用一些水沾湿烤派盘边缘。

第三步

压紧 擀平剩下的面团，把它切成稍稍大于烤派盘的尺寸，盖在填好的馅料上方。用餐叉的背面把两张面皮的边缘压紧，并压出花纹封紧。

用刀子切下边缘处多出来的面皮。在面皮上划出两道口子（方便放出蒸汽）。把派放在烤箱里烤约 45 分钟，直到面皮变成金黄色。

把派从烤箱里取出冷却。可以热着吃，但最好放一段时间，等到与室温差不多时再吃。

在等待冷却时，混合橄榄油、苹果醋、芥末酱、蜂蜜和细香葱做成沙拉酱。把绿叶蔬菜、黄瓜和苹果放到碗里，在开饭前倒上沙拉酱。

瑞典

在史前时期（冰箱还要在很久很久以后才被发明出来），人类就找到了一些储存夏天采集到的食物的方法，这样就能在新鲜食物匮乏的冬季也能有东西吃。

在瑞典，冬天漫长而寒冷，储存食物也就成了一项重要的传统。美食家冒险团的成员们正在亲手尝试一些储存食物的方法。你不妨也去摘些黄瓜，做点儿单片三明治吧。

香草兄妹特制瑞典单片三明治

这种单片三明治通常会出现在传统的北欧自助餐上。来做一些属于你自己的单片三明治吧。按右边菜谱做出来的腌黄瓜足够做6—8个三明治。

腌黄瓜

- 黄瓜 ⅓ 根，切成薄片
- 盐 2 茶匙
- 白葡萄酒醋 2 汤匙
- 白胡椒 ½ 茶匙
- 芥末籽 ½ 茶匙
- 细砂糖 1 茶匙
- 新鲜莳萝 2 茶匙（可选），切碎

装盘

- 熏鱼，用叉子捣成糊状（鲭鱼或鲱鱼都可以）
- 硬质奶酪或蓝奶酪
- 黑面包或薄脆饼干

把黄瓜片和盐拌匀，放置10分钟。把醋、胡椒、芥末籽、糖和莳萝放进另一个碗里拌匀。

10分钟之后，彻底洗掉黄瓜片上面的盐，然后用手挤掉剩余的水分。

把黄瓜片放入醋汁中拌匀，再放置10分钟，这样黄瓜就腌好了。

把熏鱼和奶酪放在面包或饼干上，再铺上黄瓜片，三明治就做好了。

意大利

食物是意大利家庭生活的核心。最美味的番茄沙司或意大利面的秘方在家族里代代相传。

托尼的妈妈是厨房里的头儿，所有人都来帮她的忙！如果你在意大利被邀请共进晚餐，记得要用面包擦净你的盘子，这样表明了你很喜欢这顿饭。

意大利面

意大利人几乎每天都要吃这种面粉制成的食物。

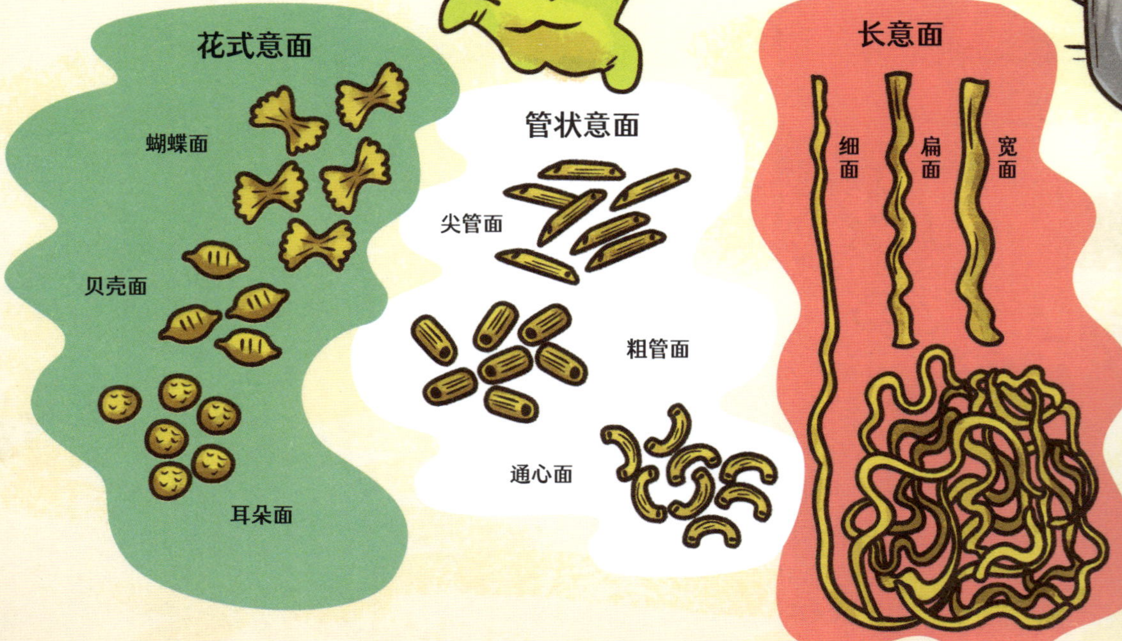

世界上最长的意大利面长达3,776米。

彩色意大利面通常都是用菠菜或番茄做成的。你甚至可以用鱿鱼墨汁或巧克力给意面调味。

意式方饺是在两块方形意面间放入肉和蔬菜馅的一种“三明治”。

橄榄

橄榄树上结的这种果子是意大利菜的精髓。人们会把橄榄存在罐子里，配上火腿和番茄干当作餐前小吃。人们还会把橄榄榨成橄榄油来烧菜或是做沙拉酱。橄榄成熟之后会从绿色变成黑色。黑橄榄质地更软，也没有绿橄榄那么苦。

罗勒

这种喜阳的香草是番茄的好朋友，配上刺山柑花蕾、西葫芦或是马苏里拉奶酪也很好吃。罗勒最好用新鲜的，并在烹饪结束后加入，这样才可以保留它的美味。你可以在阳光充足的窗台上自己种一盆罗勒。

帕尔马干酪

这种又甜又咸还有坚果味儿的奶酪很适合配意大利面。航天员们会吃很多帕尔马干酪，因为它富含钙质，可以强健骨骼。

大蒜

这种和洋葱有亲缘关系的小球球味道十分强烈，非常适合配意面吃。古罗马人相信大蒜能给他们带来力量和勇气，所以会给士兵们吃这种食物。

松子青酱

这种用罗勒、橄榄油、松子和大蒜制成的浓稠酱汁非常适合和意大利面拌在一起。你还可以试着使用其他香草和坚果（如墨角兰、鼠尾草、胡桃和榛子）制作自己的青酱。

香脂醋

这种甜甜的黑醋非常适合用来做沙拉酱或是用来蘸面包。往番茄沙司里面洒一点儿更是棒极了……

尝尝托尼做的了不起的比萨番茄沙司吧！

比萨皇后

据说玛格丽特比萨（右下）是在1889 年因为意大利王后玛格丽特而得名的。其中的番茄、马苏里拉奶酪和罗勒叶代表意大利国旗上的三种颜色。

托尼特制
意大利精选比萨

2 个大份比萨
有 3 种不同浇头的可以选择

准备
· 面团：10 分钟（+ 静置 1 小时）
· 沙司：5 分钟
· 馅料：10 分钟

烹饪
· 沙司：40 分钟
· 比萨：15 分钟

主要厨具
· 擀面杖
· 陶制比萨盘（或卷边烤盘）

比萨坯 2 个
· 高筋面粉 225 克
· 活性干酵母 7 克
· 温水 150 毫升
· 橄榄油 2 汤匙

用于 2 个比萨的番茄沙司
· 橄榄油 2 汤匙
· 白皮洋葱 1 个（180 克），切碎
· 大蒜 2 瓣，剥皮压碎
· 罐装李子形番茄 1 罐（400 克）
· 香脂醋 2 茶匙
· 盐 ½ 茶匙
· 黑胡椒

玛格丽特比萨浇头
· 马苏里拉奶酪 80 克，稍稍切碎
· 新鲜罗勒叶 1 把

佛罗伦萨比萨浇头
· 菠菜约 100 克，放在盖好盖子的不粘锅里焗一下
· 马苏里拉奶酪 80 克，稍稍切碎
· 少量肉豆蔻粉
· 少量帕尔马干酪，擦碎

那不勒斯比萨浇头
· 马苏里拉奶酪 80 克，稍稍切碎
· 鳀鱼 8 条（瓶装或罐装）
· 刺山柑花蕾 2 茶匙
· 干牛至 1 茶匙

第一步

比萨坯

把面粉和酵母混合进一个大碗里，在面粉中央挖一个洞，倒入温水和油。把面粉和成一个柔软的面团，放在撒了面的干净面板上。

揉捏 揉捏面团 5 分钟，直到面团变得富有弹性。然后把面团捏成球状，放进干净的大碗里，盖上干净的茶巾。把大碗放在温暖的地方，直到面团变成原来的两倍大。

第二步

番茄沙司

在不粘锅里加 1 汤匙油，中火加热。加入洋葱后小火加热大约 7 分钟，不时搅拌。等洋葱变软但不变色后加入大蒜，继续煮 3 分钟。

搅拌 加入番茄、香脂醋、盐，撒上黑胡椒。用木勺把番茄稍微拍碎。加热至沸腾，然后小火炖煮约 30 分钟，注意经常搅拌。

现在，番茄沙司已经变得浓稠了。从炉灶上把锅移开，加入剩下的橄榄油，一起搅拌。

第三步

提前把烤箱预热到 200℃（如果使用风炉烤箱，就预热到 180℃）。

加料烤制

把面团分成两半，擀成两个约 5 毫米厚的面饼。把比萨坯放在比萨盘（或涂上黄油的卷边烤盘）上，涂抹约 2 汤匙番茄沙司。

加料 按照原料表的顺序把浇头放在比萨坯上。如果制作的是佛罗伦萨比萨，就在把比萨放入烤箱前，小心地在浇头上打一个蛋，然后撒上肉豆蔻粉和帕尔马奶酪碎。

每个比萨烤制 15 分钟。

摩洛哥

摩洛哥是非洲最具有风土多样性的国家之一，这里有着沿海的平原、巍峨的山峰、酷热的沙漠和拥挤的城市，那里遍布着古老油蜿蜒的小巷。

想要尝试摩洛哥美食，没有哪里比在集市更合适的了。在这些街头市场里随处都能看见各种令人眼花缭乱的原料。深吸一口气，感受集市里的各种声响、景象和气味吧。

塔吉锅炖肉

这道炖肉在摩洛哥非常流行，它的名字源于烹饪时会使用的尖盖陶锅。

蒸粗麦粉

这种面粉小球在整个北非随处可见。制作蒸粗麦粉的方法就是把面粉和盐水和在一起，然后在面变干之前用手指把面耙松。

香料

公元7世纪，肉桂等东方出产的香料被阿拉伯入侵者带到了摩洛哥。北非综合香料就是把店里最好的香料混合在一起做成的。你可以把它撒在菜上或是涂在肉上。

玫瑰花水

这种由春天的玫瑰花瓣制成的花水需要几个月的时间炮制，人们会把它加在果酱、饮料和点心里。

海枣

世界上有超过30种不同的海枣树，能结出营养丰富的香甜果实。有些海枣非常甜，你甚至可以看到糖浆从挂在树上的果实上淌下来。

水果

水果是摩洛哥饮食里十分重要的一部分。人们会把水果加进塔吉锅炖羊肉或鸡肉里，也会在餐后吃些新鲜的水果。

甜食

摩洛哥的味道是甜和咸的混合。甜味来自杏子之类的果干或是蜂蜜。

谢夫都用这些原料做成了什么美味?

柑橘类水果

摩洛哥气候温暖，所以柑橘类水果全年都会结出果实。据说保存柠檬的技巧是由在摩洛哥的犹太人发明的，因此柠檬经常出现在摩洛哥菜中。

杏仁

摩洛哥菜里经常用到杏仁，特别是在巴斯蒂亚派里。这种又甜又咸的派是用一种纸一般薄的酥皮“瓦卡”（意思是叶子）做成的。

薄荷茶

人们一般会在喝薄荷茶的时候配一种叫作“杏仁羚羊角”的甜点一起吃。

塔吉锅炖肉

摩洛哥的炖肉通常要使用一种有着尖尖盖子的锅子。游牧民族柏柏尔人为了在沙漠中旅行，所以选择了这种便携的厨具。当时，人们会在塔吉锅下的一个叫作“玛玛尔”的盆里生火，这可能是全世界最早的野营炉了。

谢夫特制
摩洛哥炖鸡

4 人量

准备
15 分钟

烹饪
1 小时

主要厨具
带密封盖的大号敞口厚底锅（你也可以在锅盖下垫锡箔来密封）

原料

- **橄榄油** 2 汤匙
- **白皮洋葱** 1 个，剥皮切薄片
- **大蒜** 3 瓣
- **姜粉** 1 茶匙
- **姜黄** 1 茶匙
- **黑胡椒粉** 1 茶匙
- **肉桂** 1 根（或肉桂粉 ½ 茶匙）
- **欧芹** 1 棵（20 克），茎和叶分别切碎
- **柠檬** 1 个，取汁，把柠檬皮擦成碎屑状
- **无皮鸡腿** 4 个（建议使用散养肉或有机肉）
- **胡萝卜** 1 根，切片
- **西葫芦**，切成两半后切片
- **杏干** 50 克，切成两半
- **蜂蜜** 1 汤匙

装盘

- **杏仁碎** 50 克 在热煎锅里稍微焗一下
- **大块蒸粗麦粉**（普通大小的粗麦粉或者大米也可以）

第一步

摆放 在锅中加入油，一层一层地把洋葱、大蒜、香料、欧芹、柠檬皮、柠檬汁和鸡腿放进去。

加水没过鸡腿（约 400 毫升，请根据锅的尺寸加水），然后把胡萝卜和西葫芦放进去。不要搅拌。

第二步

炖煮 用大火把锅中的汤汁煮到沸腾，然后调小火，盖上密封盖（或用锡箔封好）。炖煮 45 分钟。

加入杏干和蜂蜜搅拌，加入适量的盐调味。

第三步

稍稍调高炉温，让汤汁开始冒泡。掀开盖子继续煮 15 分钟，不要搅拌，直到汤汁变得浓稠。

装饰 撒上欧芹叶和焗杏仁碎作为装饰。最后，配上蒸粗麦粉（或米饭）一起上桌。

在摩洛哥，你可能会坐在矮桌前的地毯上用餐。食物盛在浅盘里，让人们自己拿着吃。一般用面包来擦干酱汁。

主要香料

胡椒

胡椒原产自印度南部，经常可以看到这种植物攀在椰子树上。白胡椒就是去壳的成熟黑胡椒。胡椒被誉为“黑黄金”，曾经被用于还债和缴税。在中世纪，人们认为吃胡椒可以防止放屁。

肉桂

肉桂是南亚地区一种本土树木的树皮。它可以给摩洛哥塔吉锅炖肉、美式薄烤饼和瑞典面包卷之类的食物增添一种甘甜温暖的味道。印度南部的喀拉拉邦被称为“香料海岸”，在将近几千年的时间里，这里曾经是世界香料贸易中心，现在也是肉桂的主要产地和消费市场。

丁香

丁香是一种晒干的花蕾，它强烈的味道可以让嘴巴麻木。人们除了会把丁香当作香料，还会把它当作药物，并用来清新口气。这种植物原产自印度尼西亚的“香料群岛”——马鲁古群岛，也是最早作为商品进入贸易的一种香料。

肉豆蔻

肉豆蔻引发了香料贸易中最血腥的一段历史。17 世纪，荷兰人屠杀并奴役了住在“香料群岛”的班达人，抢走了他们的肉豆蔻。在英国人取得了这里的控制权后，他们把肉豆蔻带到了加勒比地区的格林纳达。直到现在，这一地区依然在种植肉豆蔻。肉豆蔻树能出产肉豆蔻和肉豆蔻衣两种香料。

亚洲和澳大利亚

印度洋位于非洲、亚洲和澳大利亚之间。古代文明利用海上丝绸之路运输香料等贵重物资。

香料曾经非常珍贵，一个个巨大的商业帝国通过香料贸易建立了起来，它们之间有过无数次激烈的战斗。海上香料之路和北方的丝绸之路一起连接了东方和西方文明，塑造了我们今天的世界。

伊朗

1935 年之前的伊朗叫作波斯，如今，人们依旧用“波斯风味”来形容那里的食物。伊朗曾是古丝绸之路上的重要驿站，丰富的历史文化已经在这里延续千年。如今伊朗人使用的许多烹饪原料，他们的祖先在大约公元前 500 年时也曾经使用过。

波斯食物通常甜酸结合，上面还会装饰很多像宝石一样五彩的食材。人们习惯把菜肴摆在地毯上，然后坐在四周的垫子上享用。现在就加入我们，一起享用这顿丰盛的晚餐吧，这不仅是一场味觉盛宴，更是一道视觉盛宴。

波斯美食时间线

约公元 1400 年
番茄从美洲传到了波斯，如今它已经成为当地最受欢迎的一种食材。

约公元 800 年
世界上最早一批用来把麦子磨成面粉的风车，是在波斯地区建成的。

约公元 700 年
据说是波斯人发明了饼干。这种食物很适合长时间存放，是出色的旅行食品。

约公元 50 年
桃子通过丝绸之路从波斯传到了欧洲。

约公元前 400 年
波斯人使用一种叫作“冰塔”的古代冰箱，里面全年保存冰块，用来保鲜食物。

约公元前 500 年
波斯帝国开始种植菠菜和藏红花，用来制作玫瑰水。

约公元前 1000 年
波斯人在地下挖掘长长的坎儿井来灌溉作物。有些坎儿井如今依旧在被人们使用。

约公元前 8000 年
波斯西部的农业社区早在大约一万年前就已经开始驯化山羊。

史前时代
据说石榴树原产于伊朗。如今，全世界超过一半的石榴树都生长在这里。

谢夫还在他的米饭里还加了些什么呢？

开心果

伊朗是开心果的主要产地。这种坚果成熟后，果壳会在一头裂开，露出里面绿色的果仁。伊朗人把这种坚果叫作“khandan”，意思是“大笑”。

谢夫特制
波斯宝石羊肉饭

4 人量

准备
- 米饭：10 分钟
- 羊肉：5 分钟

烹饪
- 米饭：25 分钟
- 羊肉：25 分钟

主要厨具
- 锡箔
- 茶巾
- 大煎锅

米饭
- 无盐黄油 20 克
- 易煮印度香米 240 克，淘洗后控干水分放入碗中
- 沸水 400 毫升
- 藏红花 ¼ 茶匙（可选）
- 开心果仁 75 克
- 蔓越莓干 25 克
- 新鲜欧芹叶 20 克，切碎
- 盐

羊肉
- 柠檬 1 个，取汁
- 橄榄油 3 汤匙
- 天然酸奶 2 汤匙
- 新鲜薄荷 1 把，切碎
- 白皮洋葱 1 个，切碎
- 肉桂粉 1 茶匙
- 小豆蔻粉 1 茶匙
- 孜然粉 1 茶匙
- 香菜粉 1 茶匙
- 黑胡椒碎
- 瘦羊肉馅 500 克
- 番茄泥 1 汤匙

摆盘
- 西洋菜
（或其他绿叶蔬菜）

第一步

米饭

搅拌 在中号炖锅中用小火融化黄油，再放入印度香米搅拌，让所有的米粒都沾上黄油。加入沸水，调高炉温继续煮。

等水开始冒泡后，在锅沿上盖一张锡箔纸，再盖上锅盖，把锅密封好。然后把火调至最小，继续煮 15 分钟。不要搅拌或打开盖子，煮好之后关火。如果想要做藏红花饭，可以把藏红花放进碗里，加入一茶匙沸水，再从锅里盛出两汤匙米饭加入碗中搅拌均匀，然后用原来锅上的锡箔纸把碗盖好。

第二步

混合 把干净的茶巾盖在锅里剩下的米饭上，盖上锅盖再焖 10 分钟。然后把做好的白米饭倒入一个大碗，加入黄色的藏红花米饭、开心果仁、蔓越莓干、欧芹和一撮盐。

第三步

羊肉

把柠檬汁、两汤匙橄榄油、酸奶和薄荷一起混合在一个大碗里，做成酱汁放在一边。

在煎锅中加入剩下的橄榄油，中火加热，再加入洋葱炒约 8 分钟，直到洋葱变软、变色。拌入剩下的香料粉，再加入羊肉继续炒 10 分钟，直到炒熟。最后加入番茄泥和盐调味，再煸炒 2 分钟。

浇汁 在羊肉上浇上调料汁，配上西洋菜沙拉上桌。

印度

印度幅员辽阔，从北方到南方，地理跨度相当于从挪威冰冷的峡湾到撒哈拉炽热的沙漠。在这里至少有 5 种不同的信仰，100 种各异的语言。

所以，这里的食物所体现出的多样性也就并不那么令人惊讶了。印度北方地区种植和食用的作物和南方截然不同，你能找出其中的多少种差别呢？

北方

面食

印度北方人喜欢面食。他们每一顿饭都要用一种叫作唐杜的泥炉烤制新鲜的面饼。

香浓的食物

“拷玛”等旁遮普地区的咖喱在海外最为知名。

菜板和擀面杖

北方厨师使用这两种工具碾碎晒干的香料。

南方

酸味的食物

南方使用大量罗望子果（酸角）制成酸酸的食物，非常有名。

研钵与舂杵

南方厨师用这两种工具碾碎新鲜的香料。

米

印度南方的人们喜欢吃大米，他们每人一周能吃掉两大袋大米！在孟买，人们会在为期五天的排灯节上吃大米饼。

唐杜泥炉
这种泥炉是烹饪馕、烤羊肉和唐杜里鸡的重要厨具。
印度馕
香脆鸡肉
唐杜泥炉
用泥在室外垒成的圆筒炉
燃烧的木炭
世界上最高的山脉
喜马拉雅山脉
藏红花
在印控克什米尔地区，这种植物生长得非常漂亮。制成1克香料需要采摘超过1500个藏红花的柱头。
肉
印度北方更喜欢吃羊肉和禽肉，但都是一小份一小份的。
在火车站，人们透过车窗买卖食物。
胡里节
在这个印度教节日里，人们会相互抛撒彩色的粉末，大嚼彩糖。
克利须那是印度教中的爱神，他很喜欢奶制品。
克利须那
尝尝查伊的南北咖喱吧！
十胜节
作为节日庆祝的一部分，人们会在门外打碎南瓜来祈求好运。
青辣椒
（吃新鲜的）
红辣椒
（用晒干的）
茶
印度是（仅次于中国的）全世界第二大的茶产地。把干燥的茶树叶用热水冲泡，就得到了芬芳的饮料。
辣椒
印度南方的厨师会使用很多辣椒，据说这可以通过出汗让人在潮热的天气中感觉凉爽起来！在葡萄牙人将辣椒带到印度的500年之后，现在这里成了全世界最大的辣椒产地和消费市场。
茶园
素食主义者
在印度南方，有更多的素食主义者。虔诚的印度教徒、耆那教徒和佛教徒都会因为宗教信仰而拒绝吃动物产品。

印度烤饼

印度烤饼很容易制作。其他种类的印度饼如油饼、抛饼、馕、牛油饼和手帕饼等印度面食也都非常好吃！

查伊特制
印度南北咖喱

烤饼
- 全麦面粉 75 克
- 中筋面粉 75 克
- 水 100 毫升
- 盐

酱料
- 大蒜 4 瓣，剥皮，稍稍切碎
- 鲜姜 30 克，剥皮，稍稍切碎
- 姜黄 2 茶匙
- 红椒粉 ½ 茶匙
- 孜然粉 1 茶匙
- 香菜粉 1 茶匙
- 白葡萄酒醋 3 汤匙

咖喱
- 植物油 1 汤匙
- 白皮洋葱 1 个，剥皮切碎
- 鸡大腿 8 个（约 600 克），（最好用散养或有机肉）剥皮去骨，切成两半
- 新鲜番茄 600 克，稍稍切碎

摆盘
- 香菜叶 1 把，切碎
- 印度香米
- 天然酸奶

4 人量

准备
- 咖喱：10—15 分钟
- 烤饼：15 分钟（+ 静置 30 分钟）

烹饪
- 咖喱：45 分钟
- 烤饼：5 分钟

主要厨具
- 带盖大炖锅
- 研钵与舂杵（也可以用食物加工机）
- 做烤饼的擀面杖

第一步

把两种面粉倒进一个大碗里搅拌均匀，加入一撮盐，在面粉中央挖个洞。慢慢把水倒进洞中，边倒水边搅拌。当面团变得有些黏的时候停止加水。

揉捏 把面团放在撒了面粉的面板上，揉捏 10 分钟，让面团变得富有弹性。把面团放回碗里，盖上干净的湿茶巾，在温暖的地方放置 30 分钟。

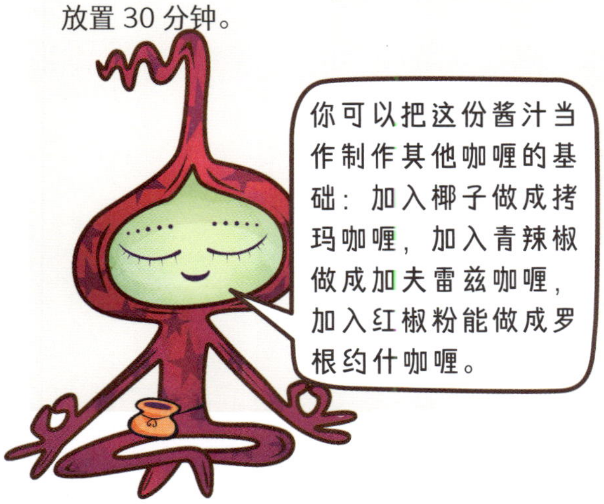

第二步

闻香 把所有制作酱料的原料放进研钵中（或放进食物加工机里）研磨，直到原料混合均匀（记得在研磨过程中闻闻气味）。

在大炖锅中加入植物油，用中火加热。加入洋葱焖 8—10 分钟，不时搅拌一下防止粘锅，直到洋葱变软但没有变色。加入酱料继续搅拌 2—3 分钟。

把鸡肉放到锅里，煸炒 4—5 分钟，不断搅拌，直到鸡肉的颜色全部变白，再加入番茄。盖上锅盖，调低炉温。炖煮 20 分钟，每 5 分钟搅拌一次。

第三步

擀制 同时，把面团分成 4 份。在撒了面粉的面板上擀出 4 张小饼。每张饼直径约 15 厘米，厚约几毫米。

准备一只大的不粘煎锅，加热直到锅变热，然后调至中火。把面饼放在锅中烤至冒泡（20—25 分钟），然后翻面烤另一面，直到面饼开始变色，冒泡接触锅底的部分会出现焦黄色。另外三张饼也按同样的方法烤制。

现在，咖喱已经快要做好了。尝一下，根据需要加入适量的盐。把炉温调到中火，继续炖 5 分钟，直到酱汁变得黏稠。

在咖喱上撒上碎香菜叶作为装饰，和米饭、酸奶一起上桌。

厨房里的中国

中国历史悠久，幅员辽阔，为世界贡献了许多重要的发明，包括火药、造纸术、印刷术……还有面条——全世界已知最早的面食。

去一间典型的中式厨房里看一看，你会发现很多有趣的器皿、炊具和餐具（更不用说那些原料了）。你能认出多少呢？

基本工具

筷子
除了在喝汤或在吃滑溜溜的东西（比如豆腐）时，中国人用筷子吃东西。

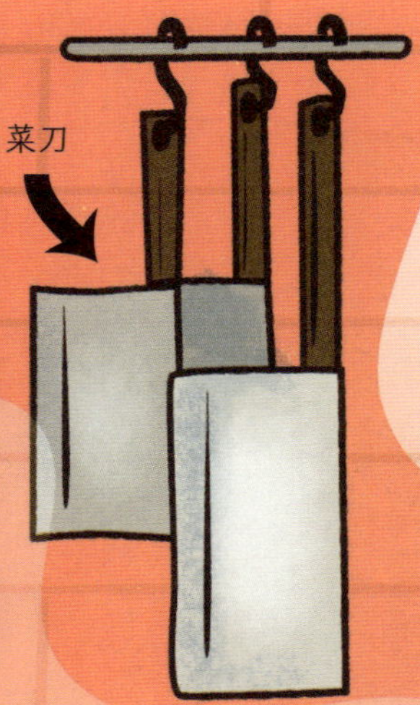

蒸笼
自从石器时代开始，中国就开始使用“蒸”这种烹饪方法了。蒸鱼、蒸螃蟹、蒸饺子，都是很受欢迎的食物。

蒸出来的食物非常健康，因为如果用“蒸”这种方法，在沸水中可能被破坏的维生素都能保存下来。

蒸笼的每一层都可以放不同的食物。

上升的蒸汽会蒸熟食物。

重要材料

姜
中国人会用这种植物辛辣的根茎来制作药膳，据说姜炒鸡蛋可以治疗咳嗽。

辣椒
人们会把辣椒切碎，撒在菜里一起炒，或者是做成川菜和湘菜里十分常见的辣酱。

葱
葱的味道没有洋葱那么刺激。洋葱（onion）这个词的词源来自拉丁语中的“unio”，意思是“大珍珠”。

大豆
大豆的蛋白质含量很高，是很好的肉类替代品。人们用它制作酱油、豆腐和豆浆。

大蒜
大蒜里富含维生素B，可以让你感觉更开心。

五香
把八角、茴香、丁香、肉桂和花椒五种香料混合在一起，能让你同时尝到甜、辣、香、咸的味道。

铲子和炒勺
这种长柄的厨具可以让厨师在热锅中煸炒食物，又不会烫到手。
辣椒油
可以淋在饺子上！
芝麻油
一般会淋在菜上，不会直接用作烹饪。
酸梅酱
味道又甜又酸，很适合配油炸食品。
蚝油
虽然是用蚝做的，但是没有腥味。
煸炒食物用时很短，大部分食物都能保持美味鲜脆。
米醋
比其他种类的醋更淡、更甜。
酱油
用大豆做成，有浓郁的鲜味。
中国菜
这些五颜六色的蔬菜很适合用来做炒菜。
莲藕
这种很像荷花的莲属植物的叶子、根、种子和花都可以吃。
冬瓜
做汤很好吃。（但别吃皮！）
小白菜
叶子的形状很像汤匙，有一种白菜的味道。
白萝卜
这种爽脆的大白萝卜腌过之后很好吃。
炒锅
这种锅有一定的深度，可以让厨师尽情煸炒里面的食物。制作这种炒锅的工匠被称为锅匠。
甘露子（宝塔菜）
这是一种脆脆的，吃起来很像坚果的蔬菜。
荸荠
它是一种生长在水里的蔬菜，这种白色的小球非常脆。
竹笋
长大的竹子非常坚硬，甚至可以用来做脚手架，但是它的嫩芽却柔软美味。

中国

街头小吃

游览中国的夜市简直就像是一场冒险。这里繁忙、吵闹，充满了生活气息。在中国，你可以在任何时候在街上买到各种各样的小吃。这是一个品尝当地特色食物的好机会。

街头的这么多奇妙而美味的小吃，你想尝尝哪种呢？

把虫子当作食物

到2050年，世界人口将是现在的两倍。把虫子当作食物是不是一个解决粮食问题的方法呢？养殖昆虫对环境更有益，因为它向大气中释放的温室气体比养殖牲畜要少。在中国，你可以很容易在街头买到这种虫子做成的小吃。

担担面是一种中国的传统街头食物。
肉夹馍就像是中式汉堡，每个摊子都有他们自己的秘制香料。
老婆饼是一种里面塞了水果或是坚果馅的酥皮点心。
葱油饼
茶叶蛋是在放了酱油和八角的茶水里面煮过的鸡蛋。把蛋剥开，上面会有大理石一般的纹路。
糖藕塞满了糯米、粘满了糖浆，黏黏的、香香的。
米花糖是用大米做出来的，和爆米花有点儿像。
春卷又热又脆。
包子是一种里面有肉馅的蒸制发酵面食。
蜈蚣
蝎子
在市场上很受人们欢迎。
蜘蛛

“担担”是什么？

“担担”是过去那些走在街上向路人售卖食物的小贩挑着的扁担。小贩们把扁担扛在肩上，两头各挂一个篮子，一个篮子里是面条，另一个篮子里是酱料。

本特利特制
中式担担面

4 人量

准备
10 分钟

烹饪
10 分钟

主要厨具
炒锅

面条

- **浓缩蔬菜高汤块 1 块，**
  溶在 1 升沸水里煮开
- **鸡蛋面约 240 克**

酱料

- **花生油 1 汤匙**
  （或葵花油）
- **猪肉馅 250 克**
  （建议使用散养肉或有机肉）
- **花椒 2 茶匙，**在研钵中研碎
- **米醋 3 汤匙**
- **生抽 3 汤匙**
- **葱 4 棵，**剥皮切片
- **菠菜 200 克**

摆盘

- **新鲜红辣椒 ½ 个**
  （可选），去籽切碎

第一步

在汤锅中炖煮浓缩固体汤料。

煸炒 在炒锅中倒入油，大火加热，放入猪肉馅和花椒。煸炒 3 分钟，直到猪肉变熟。

闻香 加入米醋、酱油和葱片，继续煸炒几分钟。关火后放入菠菜，和猪肉馅搅拌在一起。等菠菜变软后，把锅放在一边。

第二步

把面条放入有热高汤的锅里煮熟。

第三步

装饰 用漏勺把面条捞起来，平均盛入 4 个碗里。把剩下的面汤倒入炒锅。

搅拌锅中的面汤和肉馅，平均倒入 4 个碗中。

如果想多加一些辣味，可以再撒一些辣椒碎。

2002 年，中国考古学家发现了世界上最早的一碗面条。它已经有 4000 年的历史了。

泰国

泰国是东南亚地区一个以佛教为主要信仰的国家。烹饪泰国菜要将 5 种关键的味道——酸、香、咸、辣和甜，美妙地混合在一起。

美食家冒险团的成员们正在水上市场玩耍，似乎那里发生了一场泰国美味大爆炸。

水上市场

在泰国，在主干公路或铁路建成之前，长久以来，食物都是通过水路运输的。这促成了水上市场的兴起，人们在这些市场里用小船买卖食物。如今，各大水上市场吸引了大量客流，游客还能在这里了解泰国丰富多彩的历史。

看看莱克西美味的彩虹蔬菜吧！

新鲜速食

泰式美食通常会在炒锅里把新鲜的原材料快速炒熟。因此，泰式食物看起来非常的鲜亮醒目，尝起来也是十分的美味鲜脆。

“Sanùk”在泰语里面是“有趣”的意思，用这个词来形容这道靓丽的菜肴肯定非常合适。

莱克西特制
泰式彩虹蔬菜

4 人量

准备
25 分钟

烹饪
10 分钟

主要厨具
- 炒锅
- 研钵与春杵
（也可用食品加工机）

酱料
- **大蒜 3 瓣**，剥皮压碎
- **姜 40 克**，剥皮切碎
- **红辣椒 1 个**，去籽切碎
- **红葱头 3 个**，剥皮切碎
- **罗望子酱 ½ 茶匙**
- **柠檬草酱 3 茶匙**
（**或 1½ 根新鲜柠檬草**）
- **番茄泥 1½ 茶匙**

煸炒
- **花生油或葵花籽油 1 汤匙**
- **鲜脆蔬菜 600 克**
（**如玉米笋、荷兰豆、红辣椒、嫩茎西兰花、四季豆、甜豌豆和胡萝卜等**），切成合适的大小
- **椰奶 400 毫升**
- **鱼露 2 茶匙**
- **青柠 1 个**，取汁
- **葱 4 棵**，切碎
- **速食炒面 4×150 克**

装盘
- **新鲜香菜 1 小把**，把叶片稍稍切碎
- **咸味花生 100 克**（可选）
- **青柠块**（可选）
- **新鲜红辣椒 1 个**（可选），去籽，切碎

第一步

研磨 把做酱料要用到的原料都放到研钵里（更有趣），或放进食物加工机里（更简单）研磨，混合均匀，做成味道很香的酱料。

第二步

把剩下的所有原料（包括用来摆盘的）都准备好（切好或取汁），煸炒的过程会非常快。

煸炒 在大炒锅里放入油，加热。等油热后，加入酱料煸炒 1 分钟，然后加入蔬菜再煸炒 2 分钟。

第三步

加入椰奶、鱼露、青柠汁和葱，加热至沸腾，煮 4 分钟。

加入煮好的炒面，使所有面条分开并混入酱料，最后再炒 2 分钟。

装饰 撒上香菜叶。其他装盘用的小菜可以放在小碗里让人们自行取用。

澳大利亚

我们的旅程即将结束，有什么事儿比和朋友一起大快朵颐来庆祝一下更好呢？澳大利亚人的生活就是享受大自然，在户外寻找食物是一件非常有意思的事情。

点起烧烤炉，放松下来吧，我们这场环游世界的大冒险也要结束了。

采集丛林食物
澳大利亚的丛林里（或是乡下）有超过 350 种可食用的当地植物，大自然为我们提供了大量的坚果、浆果和水果。多好吃啊！
澳洲赤楠果
很像蔓越莓，适合做果酱。
澳洲金合欢
这种植物的种子混合了巧克力、咖啡和榛子的味道。太美味了！
卡卡杜李
是全世界最好的维生素 C 来源之一。
夏威夷果
果壳非常硬，甚至会弄坏你的坚果钳。
大叶南洋杉
澳大利亚原住民会在他们的传统节日上吃这种杉树的杉果仁。
旅程完美结束了！
手指柠檬
刺激又浓郁的美味。
勇敢点儿，莱克西，勇敢点儿！
勇敢些！
木蠹蛾幼虫的味道很像坚果，生吃就很好吃。但是别吃它的头。
喜欢这个用于道别的融合汉堡吗？
嘿！别动我的汉堡！
茶
铁皮罐
再往炉子上放只虾吧，谢夫！
来烤肉吧！
澳大利亚人喜欢烤肉，他们甚至会在圣诞节也吃烧烤！他们喜欢和家人、朋友在周末一起围着炉火，分享肋条、肉排、鱼肉、大虾和酱料。
远海梭子蟹
它们躲在沙子里向猎物发动突袭。
墨吉对虾
斑节对虾
海胆
味道又甜又咸，口感很像奶油。
绿边鲍鱼
生吃！
南部碟扇贝
配上辣椒和柠檬黄油酱很好吃。
对虾、螃蟹和龙虾都有亲缘关系，在全世界都十分受欢迎。
宽沟对虾

水果沙拉

芒果树和木瓜树喜欢澳大利亚温暖的气候。用这两种水果来做沙拉简直完美！

“融合”是什么？

现代澳大利亚饮食把来自全世界的味道与当地的原料混合在了一起。许多希腊人和意大利人住在这里，接着，越南人、韩国人和泰国人也来了。他们带来了许多家乡风味，并把它们与传统的澳大利亚食谱和原料结合起来，创造出了融合食物。

谢夫特制
澳洲融合汉堡

4 人量

准备
- 汉堡：10 分钟（+ 静置 1 小时）
- 沙拉：5 分钟

烹饪
15—20 分钟

汉堡
- 红葱头 4 个，剥皮，切碎
- 大蒜 1 瓣
- 红辣椒 1 个（可选），去籽，切碎
- 青柠 1 个，取皮
- 新鲜香菜叶 1 把，切碎
- 酱油 1 汤匙
- 肥瘦相间的牛肉馅 500 克
- 橄榄油 1 汤匙
- 蛋奶面包 4 个

速食融合酱
- 番茄酱 2 汤匙
- 酱油 1 汤匙
- 青柠 1 个，取汁
- 葱 1 棵，切碎
- 新鲜香菜叶 1 把，切碎

沙拉
- 绿叶蔬菜约 80 克
- 腰果 50 克
- 芒果 1 个，削皮，切块
- 香脂醋 1 汤匙
- 橄榄油 2 汤匙
- 整粒芥末籽酱 1 茶匙

第一步

汉堡肉饼

混合 把除牛肉、橄榄油（当然还有面包）之外的所有汉堡原料混合在一个碗里。然后再加入牛肉，注意不要过度搅拌。

把搅拌均匀的原料团成 4 个球，放在防油纸上。在冰箱里放置 1 小时。

同时，把所有融合酱的原料混合进另一个小碗里，放在一边。

第二步

芒果腰果沙拉

烘烤 开中火，在干燥的煎锅中烘烤腰果 1—2 分钟，直到腰果微微变色。

把香脂醋、橄榄油和芥末混合在一起，做成沙拉酱。

加酱 把绿叶蔬菜、腰果和芒果放在一个碗里，把沙拉酱倒在上面（在吃沙拉时再做这一步，这样能让蔬菜保持鲜脆）。

第三步

在煎锅中加热橄榄油，放入 4 个汉堡肉饼的半成品（目前是球状的），然后把它们轻轻压扁。煎 7—8 分钟，不要移动位置。然后翻面，再煎 7—8 分钟，直到汉堡肉饼熟透。

把蛋奶面包切成两半，稍稍烤一下内侧。把汉堡肉饼夹进面包中，加入少许酱料，和沙拉一起上桌。

你也可以在户外烤炉上烤肉饼！

图书在版编目（CIP）数据

吃遍天下！美食家环球大冒险 /（英）佐薇 · 巴瑟，（英）乔 · 夏普文；（英）克里斯 · 迪卡森图；张涵译. -- 汕头：汕头大学出版社，2021.3（2023.2 重印）

书名原文：Around the World with the Ingreedies：A Taste Adventure

ISBN 978-7-5658-4161-3

Ⅰ. ①吃… Ⅱ. ①佐… ②乔… ③克… ④张… Ⅲ. ①儿童故事—图画故事—英国—现代 Ⅳ. ① I561.85

中国版本图书馆 CIP 数据核字 (2020) 第 251885 号

Written by Zoë Bather & Joe Sharpe
Illustrated by Chris Dickason

吃遍天下！美食家环球大冒险

CHIBIAN TIANXIA！MEISHIJIA HUANQIU DAMAOXIAN

［英］佐薇 · 巴瑟　［英］乔 · 夏普　文　［英］克里斯 · 迪卡森　图　张涵　译

责任编辑：李金龙
责任技编：黄东生
封面设计：墨白空间 · 郑琼洁
出版发行：汕头大学出版社
　　　　　广东省汕头市大学路 243 号汕头大学校园内　邮政编码：515063
电　　话：0754-82904613
印　　刷：天津图文方嘉印刷有限公司
开　　本：660 mm × 1000 mm　1/8
印　　张：9
字　　数：80 千字
版　　次：2021 年 3 月第 1 版
印　　次：2023 年 2 月第 2 次印刷
定　　价：80.00 元
书　　号：978-7-5658-4161-3

官方微博：@ 浪花朵朵童书
读者服务：reader@hinabook.com 188-1142-1266
投稿服务：onebook@hinabook.com 133-6631-2326
直销服务：buy@hinabook.com 133-6657-3072

美食家冒险团

美食家冒险团由佐薇 · 巴瑟和乔 · 夏普构思，由克里斯 · 迪卡森绘制。他们对食物充满了激情，相信自己可以通过食物教育孩子们了解身边的世界。通过介绍这些知识、故事和活动，三位作者希望能让孩子们在无畏的美食家冒险团的帮助下爱上食物。

致谢

感谢洛蒂和缇亚，因为你们两个，美食家冒险团才能诞生，谢谢你们尝过了我们的食谱，证明了这些食物很好吃。

感谢我的家人们——尼克、玛丽、内奥米和克里斯；布莱恩、海伦、汉娜和罗奇；斯图尔特、琳达、丹妮拉、卡拉和菲利普，谢谢你们培养和分享了我们对食物的爱。

特别感谢我们忠实的食谱测试员，玛丽亚、汤姆、芬恩和莫文娜；尼克、理查德、汤姆和路西；霍莉、理查德和弗里达；伊薇特和斯图尔特；海伦和布莱恩；尼克河玛丽；金姆和克里斯；内伊和麦克；皮特、特里萨、埃塔、帕特里克和汉娜；保罗、萨拉、娜塔莉亚和塔比瑟；布里妮和汤姆；潘贾、保罗-马克、伊萨克和洛伊斯；还有“现磨公关”的艾米和萨姆，以及她们的侄女杰西卡——没有你们，我们根本不可能写出这本书。

感谢劳伦斯 · 金出版社，我们的出版方；感谢伊丽莎白 · 詹纳和梅丽莎 · 丹尼，谢谢你们的编辑工作，让我们成功出版了第一本书。非常感谢金姆 · 考伊和彼得基齐，谢谢你们设计的字体和一直以来提供的帮助。感谢摄影师西蒙 · 帕斯克，谢谢你让我们做出的菜肴显得更加美味。

感谢“有我创造”给我们提供了一个平台，感谢“实用作品”对我们一直以来的帮助和为我们付出的时间及提供的空间，是你们让美食冒险团变成了现实。

最后，感谢埃瑞克 · 黄，谢谢你能不断提供帮助，并从始至终对我们的计划充满信心。向你致敬！

佐薇、乔和克里斯

译名对照表

辛苦啦，美食家冒险团的伙伴们！谢谢你们从世界各地为我们搜罗来了那么多的美味佳肴。

不过，书里的有些食材和菜肴可能对中国的小美食家们来说还有些陌生。即使我们挑选了尽可能贴切易懂的译名，但还是很难完全呈现出它们的原汁原味；因此，我们在这里按章节列出这些食物的原名（在每一章节之下，词目按中译名的汉语拼音排序），供各位大小美食冒险家顺藤摸瓜，继续发现世界美食宝藏。

当然，最好的发现还需要你亲自去品尝一番！

美洲（P6—7）

阿萨多烤肉 asado
多香果 allspice
恩潘纳达馅饼 empanada
菲希塔烤肉卷 fajita
黑豆炖肉 feijoada
卡真美食 Cajun
克里奥尔美食 Creole
辣香肠三明治 choripán
美式墨西哥料理 Tex-Mex
秋葵汤 gumbo
什锦饭 jambalaya
苏格兰帽椒 Scotch bonnet
酸柠汁腌鱼 ceviche
塔库塔库蔬菜饼 tacu tacu
西班牙辣香肠 chorizo
香辣牛肉酱 chilli con carne
熏牛肉 pastrami

美国（P8—11）

低脂奶油 single cream
第戎芥末酱 Dijon mustard
莱姆 key lime
油炸玉米面 hushpuppies
玉米烤饼 johnny cake
玉米粒煮豆 succotash
玉米粥 grits
杂烩浓汤 chowder

墨西哥（P12—15）

安祖椒 ancho
波布拉诺椒 poblano
迪阿波辣椒 chile de árbol
多塞特纳加椒 Dorset Naga
瓜希柳干辣椒 guajillo
哈雷派尼奥椒 jalapeño
哈瓦那椒 habanero
红椒粉 paprika
卡罗来纳死神椒 Carolina Reaper
卡宴辣椒 cayenne pepper
"辣椒仔"辣椒汁 Tabasco sauce
墨西哥烟椒 chipotle
墨西哥玉米饼 tortilla
帕西拉干辣椒 pasilla
佩昆辣椒 Pequin chilli
"七涮"哈瓦那椒 Seven-pot habanero
巧克力辣酱 mole
苏格兰帽椒 Scotch bonnet
特立尼达蝎子椒 Trinidad scorpion
西班牙甜椒 pimento
印度魔鬼椒 bhut jolokia

巴西（P16—17）

巴西炖鱼 moqueca
巴西栗 Brazil nut
巴西莓 açaí palm
瓜拉纳 guarana
普拉藤果 bacuri fruit

欧洲和地中海沿岸（P18—19）

德国泡菜 sauerkraut
俄式薄煎饼 blini
果仁蜜饼 baklava
哈里萨辣酱 harissa
海枣 date
猎人炖菜 hunter's stew
奶酪火锅 fondue
挪威酸奶粥 rømmegrøt
塔吉锅、塔吉锅炖肉 tagine
西班牙烩饭 paella
西班牙辣香肠 chorizo
西班牙凉菜汤 gazpacho
西班牙甜椒 pimento
蒸粗麦粉 couscous

法国（P20—25）

贝夏梅尔白酱 sauce béchamel
布里欧修 brioche
法式肉冻 terrine
法式肉泥 pâté
法式水果挞 tarte aux fruits
法式酸奶油 crème fraîche
反转水果挞 tarte Tatin
荷兰酸辣酱 sauce hollandaise
煎蛋卷 omelette
卡门贝尔干酪 camembert
孔泰奶酪 comté
罗克福尔干酪 roquefort
奶油蛋黄酱 sauce Mornay
巧克力起酥面包 pain au chocolat
山羊奶酪 chèvre
闪电泡芙 éclair
舒芙蕾 soufflé
蔬菜拼盘 crudités
天鹅绒酱 sauce velouté
西班牙褐酱 sauce espagnole

不列颠群岛（P26—29）

阿布罗斯烟熏鳕鱼 Arbroath smokies
卷心菜土豆泥 colcannon
卡伦鳕鱼汤 Cullen skink
康沃尔馅饼 Cornish pasty
克罗默蟹 Cromer crab
肯德尔薄荷糕 Kendal Mint Cake
兰开夏奶酪 Lancashire cheese
林肯郡香肠 Lincolnshire sausage
奶油苏打面包 soda bread
奶油酥皮 shortcrust
欧洲海蓬子 samphire
肉馅羊肚 haggis
威尔士干酪 Welsh rarebit
细香葱 chive
仰望星空派 stargazy pie
约克郡布丁 Yorkshire pudding
重油水果蛋糕 simnel cake
紫菜燕麦煎饼 laverbread

瑞典（P30—31）

薄脆饼干 knäckebröd
北欧自助餐 smörgåsbord
醋渍鲱鱼卷 rollmop
单片三明治 smörgås
碱渍鱼 lutfisk
瑞典鲱鱼罐头 surströmming

意大利（P32—35）

贝壳面 conchiglie
扁面 tagliatelle
刺山柑花蕾 caper
粗管面 rigatoni
耳朵面 orecchiette
佛卡西亚面包 focaccia
橄榄面包 pane alle olive
蝴蝶面 farfalle
尖管面 penne
宽面 pappardelle
松子青酱 pesto
塔娜莉饼干圈 taralli pugliesi
通心面 macaroni
细面 spaghetti
夏巴塔面包 ciabatta
香脂醋 balsamic vinegar
意式方饺 ravioli

摩洛哥（P36—39）

巴斯蒂亚派 bastilla
北非综合香料 ras el hanout
海枣 date
塔吉锅、塔吉锅炖肉 tagine
瓦卡 warqa
杏仁羚羊角 gazelle horn
蒸粗麦粉 couscous

亚洲和澳大利亚（P40—41）

澳洲金合欢 wattle
胡椒莓 mountain pepper

伊朗（P42—45）

串烤肉 kebab
刺檗果 barberry
柯夫塔肉丸 koofteh
米饭配串烤肉 chelo kabab
南哈梅泡芙 nan khamei
沙巴特冷饮 sharbat
蔬菜冷盘 sabzi
伊朗炖菜 khoresh
伊朗混合香料 advieh
印度香米 basmati rice

印度（P46—49）

多萨饼 dosa
加夫雷兹咖喱 jalfrezi
拷玛咖喱 korma
罗根约什咖喱 rogan josh
牛油饼 kulcha
抛饼 paratha
手帕饼 rumali
唐杜泥炉 tandoor
印度烤饼 roti
印度酥油 ghee
油饼 poori

泰国（P56—59）

泰国青柠 kaffir lime
泰式辣酱 nam prik

澳大利亚（P60—63）

澳洲赤楠果 lilly pilly
澳洲金合欢 wattle
澳洲硬面包 damper
大叶南洋杉 bunya
蛋奶面包 brioche bun
木蠹蛾幼虫 witchetty
柠檬黄油酱 lime butter
手指柠檬 finger lime

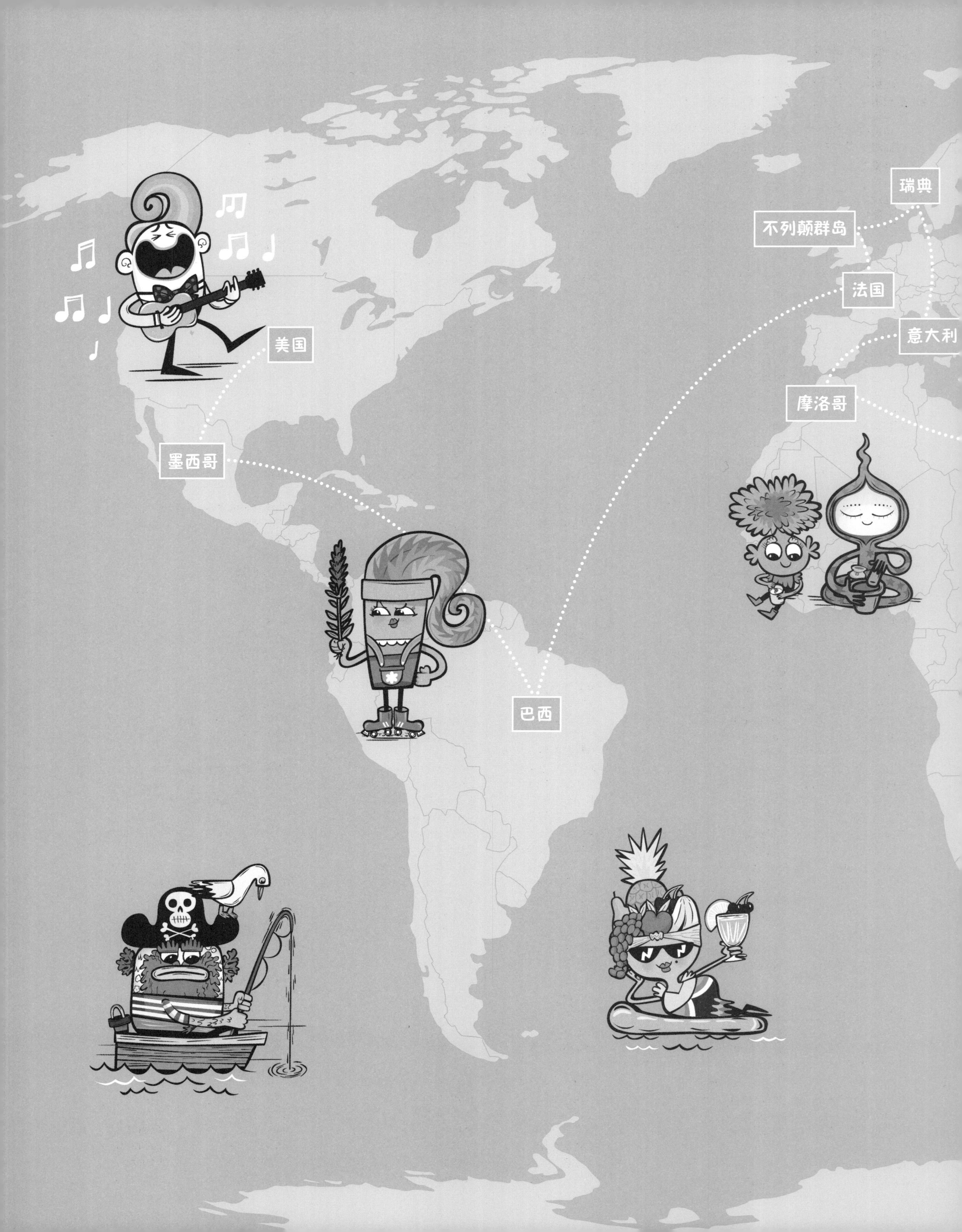

瑞典
不列颠群岛
法国
意大利
摩洛哥
美国
墨西哥
巴西